Brief eines reisenden Dänen

Friedrich Schiller

copyright © 2023 Culturea éditions
Herausgeber: Culturea (34, Hérault)
Druck: BOD - In de Tarpen 42, Norderstedt
(Deutschland)
Website: http://culturea.fr
Kontakt: infos@culturea.fr
ISBN:9791041933808
Veröffentlichungsdatum: April 2023
Layout und Design: https://reedsy.com/
Dieses Buch wurde mit der Schriftart Bauer
Bodoni gesetzt.

ER WIRT MIR GEBEN

Der Antikensaal zu Mannheim.

Mannheim.

Der heutige Tag war mein seligster, so lang ich Deutschland durchreise. – Du weist es, mein Lieber, ich habe die herrliche Schöpfung im glücklichen Süden genossen, den lachenden Himmel und die lachende Erde, wo der mildere Sonnenstral zu fröhlicher Weißheit einladet, die freudegebende Traube kocht, und die göttlichen Früchte des Genies und der Begeisterung zeitigt. Ich habe vielleicht das höchste der Pracht und des Reichthums gesehen. Der Triumph einer Menschenhand über die hartnäckige Gegenwehr der Natur überraschte mich öfters – aber das nahe wohnende Elend steckte bald meine wollüstige Verwunderung an. Eine hohläugige Hungerfigur, die mich in den blumigten Promenaden eines fürstlichen Lustgartens anbettelt – eine sturzdrohende Schindelhütte, die einem pralerischen Pallast gegenüber steht – wie schnell schlägt sie meinen auffliegenden Stolz zu Boden! Meine Einbildung vollendet das Gemählde. Ich sehe jezt die Flüche von Tausenden gleich einer gefräßigen Würmerwelt in dieser großsprechenden Verwesung wimmeln – Das große und reizende wird mir abscheulich. – Ich entdecke nichts mehr als einen siechen hinschwindenden Menschenkörper, dessen Augen und Wangen von fiebrischer Röthe brennen, und blühendes Leben heucheln, während daß Brand und Fäulung in den röchelnden Lungen wüthen.

Diß, mein Bester, sind so oft meine Empfindungen bei den Merkwürdigkeiten, die man in jedem Land einem Reisenden zu bewundern gibt. Ich habe nun einmal das Unglück, mir jede in die

Augen fallende Anstalt in Beziehung auf die Glückseligkeit des Ganzen zu denken, und wie viele *Größen* werden in diesem Spiegel so *klein* – wie viele Schimmer erlöschen!

Heute endlich, habe ich eine unaussprechlich angenehme Ueberraschung gehabt. Mein ganzes Herz ist davon erweitert. Ich fühle mich edler und besser.

Ich komme aus dem Saal der Antiken zu Mannheim. Hier hat die warme Kunstliebe eines deutschen Souverains die edelsten Denkmäler griechischer und römischer Bildhauerkunst in einem kurzen geschmackvollen Auszug versammelt. Jeder Einheimische und Fremde hat die uneingeschränkteste Freiheit diesen Schaz des Alterthums zu genießen, denn der kluge und patriotische Kurfürst ließ diese Abgüsse nicht deßwegen mit so großem Aufwand aus Italien kommen, um allenfalls des kleinen Ruhmes theilhaftig zu werden, eine Seltenheit mehr zu besizen, oder, wie so viele andere Fürsten, den durchziehenden Reisenden um ein Allmosen von Bewunderung anzusprechen. – Der *Kunst* selbst brachte *Er* dieses Opfer, und die dankbare Kunst wird seinen Namen verewigen.

Schon die Aufstellung der Figuren erleichtert ihren Genuß um ein großes. Leßing selbst, der hier gegenwärtig war, wollte behaupten, daß ein Aufenthalt in diesem Antikensaal dem studierenden Künstler mehrere Vortheile gewährte, als eine Wallfahrt zu ihren Originalien nach Rom, welche großentheils zu finster, oder zu hoch, oder auch unter den schlechteren zu versteckt stünden, als daß sie der Kenner, der sie umgehen, befühlen und aus mehreren Augenpunkten beobachten will, gehörig benuzen könnte.

Empfangen von dem allmächtigen Wehen des griechischen Genius trittst du in diesen Tempel der Kunst. Schon deine erste

Ueberraschung hat etwas ehrwürdiges, heiliges. Eine unsichtbare Hand scheint die Hülle der Vergangenheit vor deinem Aug wegzustreifen, zwei Jahrtausende versinken vor deinem Fußtritt, du stehst auf einmal mitten im schönen lachenden Griechenland, wandelst unter Helden und Grazien, und betest an, wie sie, vor romantischen Göttern.

Dein erster Blick fällt auf die koloßalische Figur des farnesischen Herkules – die ungeheuer = schöne Darstellung männlicher Kraft. Welche Kühnheit, Größe, Vollkommenheit, Wahrheit, die auch die strengste Prüfung des Anatomikers nicht fürchtet. Wer hat den starren widerstrebenden Stein in so weiche, so geschmeidige Fleischmaßen hingegossen? – Die Figur *ruht* – der Bildhauer ergriff seinen Herkules im Momente schlafender (vielleicht erschöpfter) Kraft, und dennoch berechnet in dieser Erschlappung das ungeübteste Auge die ganze furchtbare Summe von Wirkungen. Meine Phantasie leiht dem Kolossen Bewegung. Ich sehe eine Figur, wie diese, auf den nemäischen Löwen fallen, und Schrecken und Erstaunen reißen mich schwindelnd fort.

Zunächst an dieser fesselt dich die unnachahmliche Gruppe des Laokoon. Ich werde dir über diß Meisterstück der antiken Kunst wenig neues mehr sagen; du kennst sie bereits, und der Anblick selbst überwältigt alle Beschreibungskraft. Dieser hohe Schmerz im Aug, in den Lippen, die emporgetriebene arbeitende Brust – ein Augenblick, ein Zustand, wo die Natur selbst sich so gern vergißt, so gern ins gräßliche ausartet, bei aller Wahrheit so angenehm, bei aller Treue so delikat behandelt, daß sich das verwöhnteste Auge mit Trunkenheit darauf heften kann. Und wie schmelzend wird dann die ganze Idee durch die untergeordnete Figuren der hilflosen Kinder, welche durch die schreckliche Schlange an den Vater gepreßt werden. Der Ausdruck der Leidenschaft, und die ganze Gruppierung lassen dem forschenden Aug nichts mehr zu beobachten übrig – und nun vertilge in Gedanken diesen ganzen Ausdruck des Leidens, denke dir eben diese Figuren außer dem gewaltsamen Zustande des Affekts, und noch immer werden sie Muster der höchsten Wahrheit und Schönheit seyn. Der griechische Künstler hat nichts aufgeopfert – die unbeschreibliche Harmonie der Gruppe kostet uns auch nicht das leiseste Misfallen über vernachläßigte Theile in den beiden Knaben. So schuf das Alterthum.

Unter allen Figuren, die dieser Saal enthält, ist der vatikanische Apoll die vollkommenste – Zwei Blicke auf denselben sind genug, dir mit entscheidender Gewißheit zu sagen, du stehest vor einem Unsterblichen. Die reizendste Jünglingsfigur, die sich eben jezt in den *Mann*verliert, Leichtigkeit, Freiheit, Rundung, und die reinste Harmonie aller Theile zu einem unnachahmlichen Ganzen, erklären ihn zu dem ersten der Sterblichen, Kopf und Hals verrathen den Gott. Diese himmlische Mischung von Freundlichkeit und Strenge, von Liebenswürdigkeit und Ernst, Majestät und Milde, kann keinen Sohn der Erde bezeichnen. Die hochgewölbte Brust ist nach dem übereinstimmenden Gefühl aller Künstler die vollkommenste, die je ein Maisel geschaffen hat; Schenkel und Füße ein Muster der edelsten Schönheit. Den geübtesten Zeichner wird es ermüden, die herrlichen Formen, die durch kontrastierende Schlangenlinien ineinander schmelzen, *nur* für das Aug nachzuahmen; denn der griechische Meister hat eben so delikat für das Gefühl gearbeitet; das Auge erkennt die *Schönheit*, das Gefühl die *Wahrheit*. Die leztere ist der ersteren untergeordnet, und obgleich kein Muskel vergessen ist, so hat doch der Künstler die feinere Nüancen dem Gesicht entzogen, und der Berührung vorbehalten. Die Statue schwebt – alle Muskeln wirken aufwärts, und scheinen sie sichtbar empor zu tragen. Der Künstler ergriff den Augenblick, wo der zürnende Gott auf den Drachen Python einen Pfeil abgeschossen hatte. Der rechte Arm fliegt eben vom Bogen zurück, der linke behält noch einige Härte und Spannung. – Im Auge ist hoher Unwille und feste Zielung, in der hervortretenden Unterlippe Verachtung des Ungeheuers, in dem schlank gestreckten Halse Triumph und göttliche Ehre.

Das ist Foebos, welchen die Götter im Hause Cronions
fürchten, dem sie sich alle von ihren Sizen erheben,
wenn er sich naht, und wenn er spannt den stralenden Bogen.

Homers Hymnen.

In Absicht des Stils kann dieser Apollo dem Torso und Laokoon nachgesezt werden, aber der gefühlvolle Kenner vergißt diese Vernachläßigung im Genusse höherer Schönheit.

Eine der vorzüglichsten Statuen, ist ein sterbender Sohn der Niobe, den Apollo erschossen hat. Der Kopf gleicht ganz in die Niobische Familie – edel und rührend ist der Ausdruck des Sterbens in seinem Gesichte; die Brust besonders ist in großen und schönen Maßen emporgetrieben, der untere Leib sinkt mit sehr vieler Wahrheit unter den lezten Krämpfen des Todes. Der Stil ist markigt, und hat mit dem äußerst delikaten Stil des Kastor und Pollux sehr viel ähnliches.

Unter die besten Stücke in diesem Saal zähle ich noch den *Antinous*; Schade, daß durch einen fehlerhaften Abguß die Figur nach den Hüften und Schenkeln zu ein wenig krumm geworden; den *borghesischen Fechter*, eine Figur, woran ich vorzüglich die

Wahrheit des Muskelspiels bewundre, die Zwillinge *Kastor* und *Pollux, Kaunus* und *Biblis,* den *Faun,* den *Schleifer,* besonders wegen dem forschenden Ausdruck des Gesichts, und der Formen seiner beiden Arme, den *Hermaphrodit,* die *medizäische Venus,* den *sterbenden Fechter,* den Römer *Germanikus,* und noch einige andre, von denen ich dir in meinem nächsten Brief mehr sagen werde.

Merkwürdig waren mir auch die Büsten der großen Griechen und Römer, der Kopf eines sterbenden *Alexanders,* der *Niobe,* einer *Tochter* der *Niobe,* der *Kleopatra,* des *Nero* und *Kaligula,* der *Faustina* und einige mehr. Der Zufall hatte den blinden *Homeruskopf* und den Kopf des Herrn von *Voltaire* nebeneinander gestellt. – Ich weiß keine beißendere Satire auf unser Zeitalter. Voltaire – ich glaube, daß man das jezt in Deutschland laut sagen darf – Voltaire war ein wahrhaftig großer Geist, aber warum war mir sein Kopf in *dieser* Gesellschaft so lächerlich?

Ich werfe noch einen Blick auf diese Statuen.

Warum zielen alle redende und zeichnende Künste des Alterthums so sehr nach *Veredlung*?

Der Mensch brachte hier etwas zu Stande, das mehr ist, als er selbst war, das an etwas größeres erinnert, als seine Gattung – beweißt das vielleicht, daß er weniger ist, als er seyn wird? – So könnte uns ja dieser allgemeine Hang nach Verschönerung jede Spekulation über die Fortdauer der Seele ersparen. – Wenn der Mensch *nur* Mensch bleiben *sollte* – bleiben *könnte,* wie hätte es jemals Götter, und Schöpfer dieser Götter gegeben?

Die Griechen philosophierten trostlos, glaubten noch trostloser, und handelten – gewiß nicht minder edel als wir. Man denke ihren Kunstwerken nach, und das Problem wird sich lösen. Die Griechen mahlten ihre Götter nur als edlere Menschen, und näherten ihre Menschen den Göttern. Es waren Kinder *einer* Familie.

Ich kann diesen Saal nicht verlassen, ohne mich noch einmal an dem Triumph zu ergözen, den die schöne Kunst Griechenlands über das Schicksal einer ganzen Erdkugel feiert. Hier stehe ich vor dem berühmten Rumpfe, den man aus den Trümmern des alten Roms einst hervorgrub. In dieser zerschmetterten Steinmasse ligt unergründliche Betrachtung – Freund! Dieser Torso erzählt mir, daß vor zwei Jahrtausenden ein großer Mensch da gewesen, der so etwas schaffen konnte – daß ein Volk da gewesen, das einem Künstler, der so etwas schuf, Ideale gab – daß dieses Volk an Wahrheit und Schönheit glaubte, weil einer aus seiner Mitte Wahrheit und Schönheit fühlte – daß dieses Volk edel gewesen, weil Tugend und Schönheit nur Schwestern der nemlichen Mutter sind. – Siehe Freund, so habe ich Griechenland in dem Torso geahndet.

Unterdessen wanderte die Welt durch tausend Verwandlungen und Formen. Trone stiegen – stürzten ein. Festes Land trat aus den Wassern – Länder wurden Meer. Barbaren schmolzen zu Menschen. Menschen verwilderten zu Barbaren. Der milde Himmelstrich des Peloponnes entartete mit seinen Bewohnern – wo einst die Grazien hüpften, die Anakreon scherzten, und Sokrates für seine Weißheit starb, waiden jezt Ottomannen – und doch, Freund, lebt jene goldene Zeit noch in diesem Apoll, dieser Niobe, diesem Antinous, und dieser*Rumpf* ligt da – unerreicht – unvertilgbar – eine unwidersprechliche ewige Urkunde des göttlichen Griechenlands, eine Ausfoderung dieses Volks an alle Völker der Erde.

Etwas geschaffen zu haben, das nicht untergeht, fortzudauren, wenn alles sich aufreibt, rings herum – O Freund, ich kann mich der Nachwelt durch keine Obelisken, keine eroberte Länder, keine entdeckte Welten aufdringen – ich kann sie durch kein Meisterstück an mich mahnen – ich kann keinen Kopf zu diesem Torso erschaffen, aber vielleicht eine schöne That ohne Zeugen thun!